고요한 지혜의 문장들

일러두기

1. 이 책에 실린 문장들은 Peter Alexander ed., William Shakespear; The Complete Works, London and Glasgow, Collins Clear - Type Press, 1964에서 발췌했다.

2. 권말 부록에 원문을 싣고 행 구분을 표시했다.

3. 외래어 표기는 국립국어원 외래어표기법에 준했으나, 표제에 쓰인 인명과 지명 일부는 관용에 따랐다.

WILLIAM SHAKES PEARE

셰익스피어 필사 노트 　**고요한 지혜의 문장들**

문학동네

차례

1.

지나간 불행으로 슬퍼하는 건

더 큰 불행을 초래하는 것.

운명이 앗아가서 우리가 간직할 수 없게 된 것은

인내로 그 상실을 비웃어야 하네.

빼앗기고 웃는 자는 훔친 자로부터 도로 빼앗아 올 수 있지만,

쓸데없는 슬픔에 잠기는 건 자기 자신을 빼앗기는 일이지.

『오셀로』 1막 3장

Date   .   .

2.

거인의 힘을 가지고 있는 건 훌륭한 일이지만,

그 힘을 거인처럼 함부로 쓰는 건 잔인한 일입니다.

『자에는 자로』 2막 2장

3.

초봄에 싹트는 꽃봉오리를 보고

결실에 대한 희망을 확신할 순 없습니다.

서리 맞아 죽는 실망을 맛볼 수도 있으니까.

『헨리 4세: 2부』 1막 3장

Date   .   .

4.

결백함은 옳지 못한 비난을 부끄럽게 만들고,
포악함도 인내 앞에서는 마음을 졸일 것입니다.

『겨울 이야기』 3막 2장

5.

비겁한 자는 죽기 전에 여러 번 죽지만,

용감한 자는 단 한 번 죽음을 경험할 뿐.

지금껏 들어온 놀라운 일들 중 가장 이상한 건

인간이 죽음을 두려워하는 일이라네.

죽음이란 불가피한 종말이지.

때가 되면 반드시 찾아오니까.

『율리우스 카이사르』 2막 2장

6.

고집을 꺾지 않는 자들에게는

자신이 불러온 고통이

스스로에게 교훈이 되도록 만들어야 해.

『리어왕』 2막 4장

7.

공로를 자랑삼아 내세우면
자신의 겸손함이 손상되고
그 공로의 깨끗함이 더럽혀집니다.

『끝이 좋으면 다 좋아』 1막 3장

8.

앞을 볼 수 있는 이성을 인도하는 눈먼 공포는

두려움 없이 비틀거리는 눈먼 이성보다 안전해요.

가장 나쁜 것을 두려워하면 웬만큼 나쁜 것은 면할 수 있죠.

『트로일로스와 크레시다』 3막 2장

9.

저자세를 가장하는 것은 야심에 찬 사람이 오르는 사다리.

이는 흔한 일이다.

얼굴은 위를 향하고 있지만

일단 제일 높은 계단에 오르면

사다리를 등지고 구름을 바라보며

자기가 올라온 계단을 멸시한다.

『율리우스 카이사르』 2막 1장

Date . .

10.

우리의 마음은 종종 우리의 귀에 의해 더럽혀지지.

「루크레티아의 능욕」

11.

연회에서 끝맛을 가장 달콤하게 하기 위해
제일 맛있는 것을 마지막에 맛보듯이
가장 감미로운 인사를 마지막으로 올립니다.

『리처드 2세』 1막 3장

12.

하나의 불길은 다른 불길을 꺼뜨리고,

하나의 고통은 다른 큰 고통을 당하면 줄어드는 법이야.

어지럽게 빙빙 돌다가도 반대 방향으로 돌면 멀쩡해지고,

절망적 고뇌도 다른 고민이 찾아오면 없어지지.

『로미오와 줄리엣』 1막 2장

13.

어머니,

예전의 용기는 어디에 있습니까?

당신은 위기가 용기의 시금석이라고 하셨습니다.

평범한 재앙은 평범한 인간도 감내한다고요.

바다가 잔잔할 때는

모든 배가 잘 떠다니지만

운명이 닥쳐와 치명상을 입을 때

가벼운 상처만 받으려면 훌륭한 지혜가 필요하다고요.

어머니께서는 제게 이 모든 교훈을 심어주셨고

불굴의 의지를 심어주셨습니다.

『코리올라누스』 4막 1장

14.

지는 해와 음악의 종장은

맛있는 음식의 뒷맛처럼 가장 아름다워서

지나간 것들보다 오래 기억에 남는다네.

『리처드 2세』 2막 1장

15.

죄는 혓바닥을 놀리지 않아도
스스로 드러난다.

『오셀로』 5막 1장

16.

슬픔의 무게 밑에서 몸부림치는 사람에게
인내하라고 하는 건 누구나 할 수 있는 말이지만,
막상 같은 처지에서 견딜 수 있을 만큼
미덕과 능력과 도덕을 갖춘 사람은 없어.

『헛소동』 5막 1장

17.

아무리 결심한 일이어도 우리는 종종 그것을 깨버리지.

결심은 기억의 노예라서

생겨날 때는 강해도 지탱하는 힘은 약하다네.

설익은 과일처럼 지금은 나무에 달려 있지만

다 익으면 흔들지 않아도 땅에 떨어지는 법.

『햄릿』 3막 2장

18.

경솔한 과오 때문에

우리는 가진 보물을 하찮게 다루고,

그 보물이 묻혀 보이지 않을 때에야 진가를 알게 되지.

『끝이 좋으면 다 좋아』 5막 3장

19.

자신을 사랑하는 일은 마지막으로 돌리고,

그대를 미워하는 자를 소중히 여겨라.

뇌물은 정직을 이기지 못한다.

『헨리 8세』 3막 2장

20.

바퀴 큰 수레가 언덕을 내려갈 때는
붙잡지 말고 놓아야 한다.
그대로 따라가다가는 목이 부러지고 만다.
하지만 큰 수레가 언덕을 올라갈 때는
그것이 너를 이끌도록 하라.

『리어왕』2막 4장

21.

당신이 마음을 주고 사귄 친구들도

당신의 운명이 기울기 시작하는 것을 눈치채면

물이 빠져나가듯 달아나

다시는 나타나지 않는다.

당신을 침몰시키려 하는 경우가 아니라면.

『헨리 8세』 2막 1장

Date   .   .

22.

강폭보다 넓은 다리가 무슨 소용인가?

최상의 도움은 필요한 것을 주는 것이다.

『헛소동』 1막 1장

23.

맹세를 강하게 만드는 건 목적이지만,

맹세가 목적에 매달려선 안 된다.

『트로일로스와 크레시다』 5막 3장

Date . .

24.

큰 건물이 무너지는 것에 맞서는 건
용기가 아니라 어리석은 짓이네.

『코리올라누스』 3막 1장

25.

내일, 또 내일, 또 내일은

작은 발걸음으로 하루하루

기록된 시간의 최후를 향해 기어가고,

모든 어제는 티끌 같은 죽음을 향해 나아가는

어리석은 자들에게 길을 밝혀왔다.

꺼져라, 꺼져라, 짧은 촛불이여!

인생은 지나가는 그림자일 뿐,

차례가 오면 무대에서 뽐내고 조바심치다

이윽고 더는 소식 없는 가련한 배우에 지나지 않는 것.

인생은 백치가 들려주는 소리와 분노로 가득찬,

아무런 의미 없는 이야기에 지나지 않는 것이다.

『맥베스』 5막 5장

Date . .

26.

아무리 훌륭한 사람에게도 결함이 있다고 하죠.

그리고 조금씩 그런 나쁜 면이 있기에

대부분은 점점 좋은 사람이 되기도 하고요.

『자에는 자로』 5막 1장

27.

하늘이 수정같이 맑을수록

그 안에 떠다니는 구름은 더욱 흉하게 보이는 법.

『리처드 2세』 1막 1장

Date . .

28.

풋내기나 미숙한 자들과 악수하느라

손을 둔감하게 만들지 마라.

싸움에 끼지 않도록 경계해라.

그러나 싸움에 연루되면 너를 겁내도록 만들어라.

누구의 말이든 들어주되 네 입은 쉽게 열지 마라.

남의 비판은 모두 수용하되 너의 판단은 유보해라.

『햄릿』1막 3장

29.

명성은 부질없고 믿을 수 없는 것이지.

때로 공로 없이 얻었다가

이유 없이 잃기도 해.

『오셀로』2막 3장

30.

사느냐 죽느냐 그것이 문제로다.

가혹한 운명의 돌팔매와 화살을 맞아도

참고 견디는 것이 고결한 마음인가,

아니면 무기를 들고 고난의 바다에 대항해

끝장내는 것이 더 고결한 마음인가.

죽는 것은 잠드는 것. 그 이상은 아니다.

『햄릿』 3막 1장

31.

연민의 정은 법의 미덕입니다.

폭군만이 법을 잔인하게 이용합니다.

『아테네의 티몬』 3막 5장

32.

죽음아, 죽음아, 다정하고 사랑스러운 죽음아,

향기로운 냄새야, 건강한 부패야,

영원한 밤의 자리에서 일어나라.

부유함이 미워하고 두려워하는 존재야,

내가 역겨운 너의 뼈에 입맞추고

네 빈 눈구멍에 내 눈알을 박겠다.

네 손가락에 반지처럼 벌레를 두르고

숨쉬는 틈을 더러운 흙으로 막아

너처럼 죽은 괴물이 되겠다.

내게 히죽대면 네가 미소 짓는다고 믿고

아내처럼 네게 입맞추겠다. 비참의 연인아,

내게 오라!

『존왕』 3막 4장

Date . .

33.

저는 크리스마스에 장미를 바라지 않고

오월의 즐거운 풍경 속에서 눈을 바라지 않습니다.

무엇이든 계절에 합당한 것을 좋아하죠.

『사랑의 헛수고』 1막 1장

34.

자신의 행실에 대한 비난을 듣고 고칠 수 있는
사람들이라면 다행이다.

『헛소동』 2막 3장

35.

겉으로는 아첨을 받으며

속으로는 업신여김을 당하는 것보다

이렇게 업신여김을 당하는 걸 아는 것이 낫다.

운명에게 버림받아 가장 비천한 곳에 빠진 사람도

희망을 품을 수 있으므로 불안에 떨며 살지 않는다.

구슬픈 건 가장 좋은 처지에서 변하는 일이다.

최악의 처지는 반드시 웃음을 되찾을 수 있다.

『리어왕』 4막 1장

Date . .

36.

의도와 운명은 반대로 달리기 때문에

우리의 계획은 언제나 뒤집히고,

우리의 생각은 우리 것이지만

그 생각의 결말은 우리 것이 아니오.

『햄릿』 3막 2장

37.

크게 번창하는 사람은 친구의 충고를 받아들인다.

「비너스와 아도니스」

38.

명예는 남자에게나 여자에게나

영혼 다음가는 보물입니다.

내 지갑을 훔치는 자는 쓰레기를 훔치는 셈이죠.

돈은 있다가도 없는 것.

전에는 내 것이었다 지금은 그자의 것이고,

수많은 이들의 노예 같은 것이죠.

그러나 내게서 명예를 빼앗아가는 자는

자기 자신을 부유하게도 하지 못하면서

나를 빈털터리로 만드는 겁니다.

『오셀로』 3막 3장

39.

상상 때문에 답답하구나.

상상은, 나의 위안이자 나의 고통이야.

『실수 연발』 4막 2장

40.

본래 좋은 것이나 나쁜 것은 없어.
우리 생각이 그렇게 만들 뿐이지.

『햄릿』 2막 2장

41.

생각은 생명의 노예이고,

생명은 시간의 어릿광대다.

그리고 온 세상을 관측하는 시간은

반드시 종말이 있다.

『헨리 4세: 1부』 5막 4장

42.

나이들어 부유해지면

열정도, 애정도, 건강도, 아름다움도 모두 사라져

그 부유함을 누릴 수 없다네.

여기에 생명이라는 이름을 붙일 수 있을까?

그리고 삶에는 수천 가지 죽음이 숨어 있는데도

사람들은 죽음을 겁내지.

죽음이 모든 것을 평등하게 해주는데도 말이야.

『자에는 자로』 3막 1장

43.

가장 빛나는 천사가 타락할지라도
여전히 천사들은 빛나고,
모든 악한 것들이 선의 얼굴을 할지라도
참된 선은 여전히 선으로 보인다.

『맥베스』 4막 3장

44.

소문은 소리와 메아리 같아서
걱정을 두 배로 늘립니다.

『헨리 4세: 2부』 3막 1장

45.

손실을 오히려 대단히 큰 위안으로

삼는 때가 얼마나 많은가!

이득을 보고서도 눈물에 잠기는 때는

또 얼마나 많은지!

『끝이 좋으면 다 좋아』 4막 3장

46.

슬픔이 땅에 떨어지면

속이 비어서가 아니라 그 무게 때문에 튀어오르는 것이다.

나는 시작하기 전에 떠납니다,

슬픔은 끝난 것처럼 보여도 끝이 없는 것이므로.

『리처드 2세』 1막 2장

47.

모든 사람을 사랑하되 소수의 사람을 믿고,

아무에게도 해를 끼치지 말아라.

적을 감당할 능력을 갖추되 그 힘을 사용하지 말고,

친구는 네 인생의 문제를 풀어줄 열쇠로 여기고 사귀어라.

침묵 때문에 비난받을지라도

말이 많은 것 때문에 책망받지 않도록 해라.

『끝이 좋으면 다 좋아』 1막 1장

48.

외뿔소는 나무에 속고,

곰은 거울에, 코끼리는 구덩이에,

사자는 올가미에, 사람은 아첨에 속는다.

『율리우스 카이사르』 2막 1장

49.

지혜와 선도 악인에게는 악으로 보이며

더러운 자들에게는 더러운 맛밖에 느껴지지 않는다.

『리어왕』 4막 2장

50.

험준한 산에 오르려면

처음에는 천천히 걸어야 한다.

분노는 흥분한 말과 같아서 제 마음대로 하게 내버려두면

스스로 제풀에 꺾인다.

『헨리 8세』 1막 1장

Date . .

HE ROBS HIMSELF THAT SPENDS A BOOTLESS GRIEF.

WILLIAM
SHAKES
PEARE

윌리엄 셰익스피어(William Shakespeare, 1564~1616)

1564년 영국 중부의 시골 마을 스트랫퍼드어폰에이번에서 여덟 남매 중 셋째로 태어났다. 어린 시절 학교에서 라틴어 문법과 수사학, 로마 고전 작가들의 작품을 공부했지만, 아버지의 사업을 돕기 위해 학업을 중단해 고등 교육은 받지 못했다. 18세에 앤 해서웨이와 결혼했다.

1586년경 고향을 떠나 런던에 정착해 배우 겸 작가로 극단 활동을 시작한다. 1590년경 『헨리 6세』를 집필하며 극작가로서 첫발을 내디뎠다. 초기 희곡은 대부분 희극과 역사극이었는데, 관객을 유치해야 한다는 경제적 압박을 받으며 여러 극단에서 기존의 작품을 각색하는 작업을 활발하게 했다.

작품 활동을 시작한 지 얼마 지나지 않은 1592년경 이미 천재 극작가로서 큰 명성과 인기를 얻었고 국왕극단의 전속 극작가로도 활동했다. 1600년에서 1606년 사이에 '셰익스피어 4대 비극'이라 불리는 『햄릿』『오셀로』『리어왕』『맥베스』가 차례로 저작되었다. 총 10편의 비극 작품 중 가장 훌륭한 4편으로, 극의 마지막이 죽음으로 끝난다는 공통점이 있다.

셰익스피어가 일생에 걸쳐 쓴 총 13편의 희극 작품 가운데 수작으로 꼽히는 '5대 희극'인 『한여름밤의 꿈』『베니스의 상인』『헛소동』『좋으실 대로』『십이야』는 1595년에서 1602년 사이에 차례로 쓰였다. 희극은 비극과 반대로, 극의 마지막에서 등장인물 모두가 화해하고 행복하게 끝난다는 특징이 있다.

셰익스피어는 역사극·희극·비극 등 희곡 작가로서 유

명하지만 소네트 장르를 새로 개척했다는 평가를 받을 만큼 운문문학에도 뛰어났다. 그가 남긴 154편의 소네트는 14행의 정형시로, 대부분 사랑을 주제로 하며 젊은 청년(Fair Youth)과 검은 여인(Dark Lady)을 대상으로 쓰였다. 이 외에도 「비너스와 아도니스」 「연인의 탄식」 「열광적인 순례자」 등 운문 작품을 다수 남겼다.

세익스피어는 자신의 마지막 작품인 『템페스트』가 최초로 공연된 1611년경 고향으로 돌아가 1616년 52세를 일기로 생을 마감했다. 20여 년간 37편의 희곡과 다수의 시를 발표했으며, 그의 희곡은 오늘날까지도 큰 사랑을 받으며 세계 곳곳에서 가장 많이 공연되는 작품이 되었다.

I. To mourn a mischief that is past and gone/ Is the next way to draw new mischief on./ What cannot be preserved when fortune takes,/ Patience her injury a mockery makes./ The robbed that smiles steals something from the thief,/ He robs himself that spends a bootless grief.

— *Othello*, Act I, scene iii

　　자기 딸 데스데모나와 오셀로의 결혼을 반대했던 브라반치오는 베니스의 공작의 권고로 두 사람의 결혼을 허락한다. 그럼에도 계속 석연치 않아하자 공작이 브라반치오를 위로한다.

2. It is excellent/ To have a giant's strength, but it is tyrannous/ To use it like a giant.

— *Measure for Measure*, Act II, scene ii

　　원칙을 잘 지키기로 유명한 엔젤로가 빈의 총독대리로 법을 시행하며 사회 분위기가 엄정해진 가운데, 클라우디오라는 청년이 첫눈에 반한 여성과 하룻밤을 보낸 죄로 사형을 선고받는다. 이에 그의 누이 이자벨라가 오빠의 사면을 간청한다.

3. Lives so in hope, as in an early spring/ We see the appearing buds, which to prove fruit/ Hope gives not so much warrant as despair/ That frosts will bite them.

— *Henry IV*, Part II, Act I, scene iii

리처드 2세에 반대하는 귀족 세력을 규합해 반란을 일으켜 군주가 된 헨리 4세는 아들의 방탕한 생활 때문에 왕권을 안정화하지 못한다. 요크에 머무는 대주교 반란군이 함께 일을 도모하던 바돌프 경에게 전쟁에 대해 지나치게 낙관하지 말라며 경계한다.

4. I doubt not then but innocence shall make/ Flase accusation blush and tyranny/ Tremble at patience.

— *The Winter's Tale*, Act III, scene ii

시칠리아의 왕 레온테스는 오랜 친구 폴릭세네가 수개월 간의 방문을 마치고 고국으로 돌아가려는 것을 붙잡는다. 끝내 설득되지 않던 폴릭세네가 왕후 헤르미오네의 청을 받아들여 남는다고 하자, 레온테스는 둘의 관계를 의심해 간통 혐의로 왕후를 재판에 세운다. 이때 헤르미오네가 결백을 주장한다.

5. Cowards die many times before their deaths;/ The valiant never taste of death but once./ Of all the wonders that I yet have heard,/ It seems to me most strange that men should fear,/ Seeing that death, a necessary end,/ Will come when it will come.

— *Julius Caesar*, Act II, scene ii

　　카이사르의 즉위 하루 전, 브루투스는 카이사르 살해를 계획한다. 점술가는 카이사르의 죽음을 암시하는 일들이 일어 난다며 외출을 만류하지만, 카이사르는 예언에 휘둘리지 않고 원로원에 가기로 한 약속을 지키겠다고 말한다.

6. To wilful men/ The injuries that they themselves procure/ Must be their schoolmasters.

— *King Lear*, Act II, scene iv

　　리어왕이 세 딸의 효심을 시험한 뒤 유산을 물려주고 나 자 딸들은 그를 무시한다. 곁의 시종들을 없애라는 딸들의 요구 를 리어왕이 듣지 않자, 둘째딸 리건이 아버지를 고집 센 사람이 라고 힐난한다.

7. For then we wound our modesty and make/ foul the clearness of
our deservings, when of/ ourselves we publish them.

— *All's Well That Ends Well*, Act I, scene iii

　　베르트랑은 병든 프랑스 왕을 치료하기 위해 파리로 떠
난다. 베르트랑의 어머니인 백작부인이 아들의 소식을 궁금해
하자, 집사가 최선을 다했다며 자신의 노력을 은근히 드러낸다.

8. Blind fear, that seeing reason leads, finds/ safer footing than
blind reason, stumbling without/ fear. To fear the worst oft cures the
worse.

— *Troilus and Cressida*, Act III, scene ii

　　크레시다에게 반한 트로일로스가 판다로스의 도움으로
그녀를 만난다. 둘은 서로를 사랑하지만 크레시다는 두려움이
앞선다고 말하고, 트로일로스는 그 두려움이 대상을 똑바로 볼
수 없게 만든다며 크레시다를 달랜다. 이에 크레시다가 답한다.

9. It is a common proof/ That lowliness is young ambition's ladder,/ Whereto the climber upward turns his face./ But when he once attains the upmost round,/ He then unto the ladder turns his back,/ Looks in the clouds, scorning the base degrees/ By which he did ascend.

— *Julius Caesar*, Act II, scene i

카이사르가 황제가 되면 권력을 남용해 백성을 해칠 것이라 생각하는 브루투스의 말. 이후 브루투스는 카이사르를 시해하고 "카이사르를 덜 사랑했기 때문이 아니라 로마를 더 사랑했기 때문"에 카이사르를 죽였다는 유명한 말을 남긴다.

10. For by our ears our hearts oft tainted be.

— *The Rape of Lucrece*

루크레티아의 남편 콜라티누스가 그녀의 아름다움을 자랑하자 그로 인해 화를 입을 수 있다며 경계한다.

11. Lo, as at English feasts, so I regreet/ The daintiest last, to make the end most sweet.

— *Richard II*, Act I, scene iii

모브리와 불링브룩이 서로를 반역죄로 고소하자 리처드 2세가 중재에 나선다. 명예를 걸고 결투하기 직전, 불링브룩이 왕과 여러 친지에게 인사하며 아버지 곤트의 존(John of Gaunt)을 가장 사랑하기에 마지막으로 인사한다며 말한다.

12. One fire burns out another's burning./ One pain is lessened by another's anguish./ Turn giddy, and be helped by backward turning./ One desperate grief cures with another's languish.

— *Romeo and Juliet*, Act I, scene ii

로잘리나에 대한 로미오의 짝사랑 이야기를 들은 벤볼리오가 아름다운 여인에게 눈을 돌려보라며 로미오에게 조언한다.

13. Nay, mother,/ Where is your ancient courage? you were used/ To say extremity was the trier of spirits;/ That common chances common men could bear;/ That when the sea was calm all boats alike/ Showed mastership in floating; fortune's blows,/ When most struck home, being gentle wounded, craves/ A noble cunning: you were used to load me/ With precepts that would make invincible/ The heart that conned them.

— *Coriolanus*, Act IV, scene i

코리올라누스가 로마에서 추방당하자 그의 어머니와 아내가 절망에 울부짖는다. 그러자 코리올라누스는 잠깐의 작별일 뿐이라며 의연한 모습으로 그들을 다독인다.

14. The setting sun, and music at the close,/ As the last taste of sweets, is sweetest last,/ Writ in remembrance more than things long past.

— *Richard II*, Act II, scene i

죽음을 앞둔 곤트의 존이 리처드에게 마지막 충고를 하고자 왕을 기다린다. 어떤 충고도 소용없을 거라는 듀크의 대주교에게 유언이 가진 힘에 대해 말한다.

15. Guiltiness will speak,/ Though tongues were out of use.

— *Othello*, Act V, scene i

이아고는 부관 자리에 카시오를 임명한 오셀로에게 유감을 품고, 오셀로의 아내와 카시오를 간통한 것처럼 꾸며 카시오를 실각시키려 한다. 카시오를 찌른 직후 때마침 나타난 그의 정부 비안카에게 죄를 뒤집어씌우는 이아고의 대사.

16. To those that wring under the load of sorrow,/ But no man's virtue nor sufficiency/ To be so moral when he shall endure/ The like himself.

— *Much Ado about Nothing*, Act V, scene i

결혼식장에서 헤로가 부정한 여인이라는 누명을 쓰자 아버지 레오나토는 큰 슬픔에 빠진다. 동생 안토니오가 스스로를 괴롭히지 말라고 위로할 때, 레오나토가 실의에 빠져 대꾸한다.

17. But what we do determine oft we break./ Purpose is but the slave to memory,/ Of violent birth, but poor validity,/ Which now, like fruit unripe, sticks on the tree,/ But fall, unshaken, when they mellow be.

— *Hamlet*, Act III, scene ii

햄릿은 아버지 선왕이 살해당한 내용을 연극으로 만들고, 왕과 왕비를 초대해 반응을 살펴 진범을 찾으려 한다. 극중 왕비가 남편을 살해하지 않고서는 두 번 결혼하는 일은 없을 거라고 이야기하자 극중 왕이 그 말을 믿는다며 읊는 대사이다.

18. Our rash faults/ Make trivial price of serious things we have,/ Not knowing them until we know their grave.

— *All's Well That Ends Well*, Act V, scene iii

베르트랑을 짝사랑하던 헬레나는 그의 사랑을 얻기 위해 꾀를 내어 죽은 척한다. 그녀를 피해 다니던 베르트랑은 헬레나에 대한 사랑을 깨닫고 후회한다. 이를 본 프랑스 왕이 말한다.

19. Love thyself last: cherish those hearts that hate thee;/ Corruption wins not more than honesty.

— *Henry VIII*, Act III, scene ii

헨리 8세의 권세에 기대어 왕비 캐서린과 버킹엄을 적대시하던 추기경 울지가 음모에 빠져 벌을 받게 된다. 왕의 총애를 잃은 추기경은 자신의 심복 크롬웰에게 충고한다.

20. Let go thy hold when a great wheel/ runs down a hill, lest it break thy neck with following;/ but the great one that goes upward, let him/ draw thee after.

— *King Lear*, Act II, scene iv

리어왕의 명령으로 둘째딸 리건의 집에 도착한 신하 켄트 백작은 맏딸 고너릴의 집사장과 마주친다. 리어왕에게 불충한 집사장을 보자 켄트 백작은 다툼을 벌였고, 이에 두 딸의 가족은 켄트 백작을 묶어둔다. 상황을 살펴보던 켄트 백작이 왕의 시종이 왜 반으로 줄었느냐고 묻자 바보 광대가 이렇게 대답한다.

21. For those you make friends/ And give your hearts to, when they once perceive/ The least rub in your fortunes, fall away/ Like water from ye, never found again/ But where they mean to sink ye.

— *Henry VIII*, Act II, scene i

버킹엄 공작은 추기경 월지의 과도한 권력을 견제하고, 추기경 월지 역시 버킹엄 공작에게 적대감을 갖고 있다. 결국 추기경의 음해와 그의 부하의 거짓 증언에 의해 사형을 당하게 된 버킹엄 공작이 사형장으로 끌려가며 하는 말.

22. What need the bridge much broader than the flood?/ The fairest grant is the necessity.

— *Much Ado about Nothing*, Act I, scene i

클라우디오는 헤로에게 반하고, 이에 돈 페드로가 그의 사랑이 이어지도록 도와주겠다며 말한다.

23. It is the purpose that makes strong the vow;/ But vows to every purpose must not hold.

— *Troilus and Cressida*, Act V, scene iii

트로이의 왕자 헥토르가 맹세를 지키기 위해 그리스와의 전투에 나가겠다고 말한다. 그러자 누이 카산드라는 맹세가 목적에 우선되어서는 안 된다고 말린다.

24. And manhood is called foolery when it stands/ Against a falling fabric.

— *Coriolanus*, Act III, scene i

민중은 코리올라누스가 집정관이 되는 것에 반대하고, 호민관 유니우스 브루투스 일당이 반란을 선동한다. 코미니우스는 코리올라누스에게 우선 위급한 순간을 피하라고 권한다.

25. Tomorrow, and tomorrow, and tomorrow,/ Creeps in this petty pace from day to day/ To the last syllable of recorded time,/ And all our yesterdays have lighted fools/ The way to dusty death. Out, out, brief candle!/ Life's but a walking shadow, a poor player/ That struts and frets his hour upon the stage/ And then is heard no more. It is a tale/ Told by an idiot, full of sound and fury,/ Signifying nothing.

— *Macbeth*, Act V, scene v

맬컴의 군대가 맥베스를 포위했고, 맥베스는 아내가 죽었다는 소식을 듣는다. 권력을 위해 덩컨왕을 살해했으나 결국 그 아들에게 죽임당하게 된 자신의 인생을 두고 이렇게 말한다.

26. They say, best men are moulded out of faults;/ And, for the most, become much more the better/ For being a little bad:

— *Measure for Measure*, Act V, scene i

엔젤로는 엄격히 법을 집행하는 척하며 이자벨라에게는 오빠의 사형을 면해주는 대가로 잠자리를 요구한다. 이 죄가 밝혀지자 그의 약혼자 마리아나는 엔젤로에 대해 변명을 늘어놓고, 엔젤로는 엄정한 법관에서 벌을 받는 처지로 전락하며 자신의 양면성을 폭로당한다.

27. Since the more fair and crystal is the sky,/ The uglier seem the clouds that in it fly.

— *Richard II*, Act I, scene i

곤트의 존의 아들 헨리 불링브룩이 모브리의 죄를 리처드왕 앞에서 고발하면서, 반역죄는 명예로운 군주 앞에 명백하게 드러난다며 말한다.

28. But do not dull thy palm with entertainment/ Of each new-hatched, unfledged comrade. Beware/ Of entrance to a quarrel, but being in,/ Bear 't that th' opposèd may beware of thee./ Give every man thy ear but few thy voice./ Take each man's censure but reserve thy judgment.

— *Hamlet*, Act I, scene iii

라에르테스는 공부하러 프랑스로 떠난다. 동생 오펠리아에게 햄릿과 사랑에 빠져 명예를 잃지 말라고 충고하고, 아버지 폴로니우스는 라에르테스에게 몇 가지 교훈의 말을 들려주며 당부한다.

29. Reputation is an idle and most false/ imposition, oft got without merit, and lost without/ deserving.

— *Othello*, Act II, scene iii

카시오는 이아고의 간계에 넘어가 술에 취하고, 로데리고와 싸워 분란을 일으킨다. 오셀로에게 신임을 받았던 카시오가 이 사건으로 명성을 잃자 이아고가 위로한다.

30. To be, or not to be—that is the question:/ Whether 'tis nobler in the mind to suffer/ The slings and arrows of outrageous fortune,/ Or to take arms against a sea of troubles/ And, by opposing, end them? To die, to sleep,/ No more.

— *Hamlet*, Act III, scene i

클라우디우스왕과 폴로니우스는 햄릿이 정말 오펠리아에 대한 사랑 때문에 실성했는지 시험하기 위해 그 둘이 만나는 곳에 숨어 대화를 엿듣기로 한다. 햄릿이 오펠리아를 만나기 전 독백을 늘어놓는다.

31. For pity is the virtue of the law,/ And none but tyrants use it cruelly.

— *Timon of Athens*, **Act III, scene v**

장군 알키비아데스가 아테네의 상원의원 앞에서 우발적으로 살인을 저지른 병사를 살려달라 탄원한다. 하지만 의원들이 동의하지 않아 대립하다 결국 알키비아데스는 추방당한다.

32. Death, death; O amiable lovely death!/ Thou odouriferous stench! sound rottenness!/ Arise forth from the couch of lasting night,/ Thou hate and terror to prosperity,/ And I will kiss thy detestable bones/ And put my eyeballs in thy vaulty brows/ And ring these fingers with thy household worms/ And stop this gap of breath with fulsome dust/ And be a carrion monster like thyself:/ Come, grin on me, and I will think thou smilest/ And buss thee as thy wife. Misery's love,/ O, come to me!

— *King John*, **Act III, scene iv**

리처드 1세의 사망 이후 조카 아서와 둘째 동생 존왕이 왕위 계승권을 두고 경쟁한다. 결국 아서는 숙부인 존왕에게 살해당하고, 아서의 어머니 콘스턴스가 미친듯이 절규한다.

33. At Christmas I no more desire a rose/ Than wish a snow in May's new-fangled shows;/ But like of each thing that in season grows.

— *Love's Labour's Lost*, Act I, scene i

페르디난드왕은 친구이자 신하인 귀족 세 사람에게 속세의 욕망을 끊고 학문에만 전념하자고 제안한다. 그중 비론은 학문을 연구할 적절한 때는 이미 지났다며 반대하지만, 결국 이들의 말에 따른다.

34. Happy are they that hear their detractions and can put them to mending.

— *Much Ado about Nothing*, Act II, scene iii

베네딕토는 자신이 거만하기 때문에 베아트리체와 사랑에 성공할 수 없을 거라는 사람들의 험담을 엿듣는다. 그후 자신의 교만함을 고치겠다고 다짐한다.

35. Yet better thus, and known to be contemned,/ Than still contemned and flattered. To be worst,/ The lowest and most dejected thing of fortune/ Stands still in esperance, lives not in fear./ The lamentable change is from the best;/ The worst returns to laughter.

— *King Lear*, Act IV, scene i

　　글로스터 백작의 적자인 에드거는 서자인 에드먼드의 계략에 빠져 아버지를 죽이려고 한다는 누명을 쓴다. 글로스터 백작은 이에 진노해 에드거를 처형하라 명하고, 에드거는 거지와 미치광이 행세를 하며 떠돈다. 절망적인 상황이지만 아직 희망이 남아 있다는 에드거의 대사이다.

36. Our wills and fates do so contrary run/ That our devices still are overthrown;/ Our thoughts are ours, their ends none of our own.

— *Hamlet*, Act III, scene ii

　　햄릿이 아버지가 살해당한 내용으로 만든 연극의 대사. 극중 왕은 자신이 죽으면 왕비가 새 남편의 사랑을 받게 되리라 말하고 극중 왕비는 망측하다고 대답한다. 그러나 극중 왕이 미래는 모르는 것이라고 대꾸하며 현왕과 왕비의 상황을 암시한다.

37. They that thrive well take counsel of their friends.

— *Venus and Adonis*

　　연인 아도니스가 사냥을 떠나겠다는 말을 듣고 비너스는 그가 죽을 운명임을 알아챈다. 그의 죽음을 막기 위해 가지 말라고 설득한다.

38. Good name in man and woman, dear my lord,/ Is the immediate jewel of their souls./ Who steals my purse steals trash. 'Tis something, nothing;/ 'Twas mine, 'tis his, and has been slave to thousands./ But he that filches from me my good name/ Robs me of that which not enriches him/ And makes me poor indeed.

— *Othello*, Act III, scene iii

　　오셀로 장군의 총애를 카시오에게 빼앗기자 둘을 이간질하기 위해 이아고는 오셀로의 아내와 카시오가 간통한 것처럼 꾸민다. 이아고는 이 내용을 직접적으로 고하지 않고 자신의 판단에 확신이 없는 척하며 망설이듯 오셀로에게 넌지시 둘을 의심해보라고 말한다.

39. I am pressed down with conceit:/ Conceit, my comfort and my injury.

— *The Comedy of Errors*, Act IV, scene ii

아드리아나의 남편에게는 어릴 때 배가 난파당해 헤어진 쌍둥이 형제가 있다. 이 사실을 모르는 아드리아나의 동생 루치아나는 아드리아나의 남편과 외모가 똑같은 남자가 자신에게 구애하자 놀라고, 아드리아나는 남편을 의심하며 괴로워한다.

40. For there is nothing/ either good or bad, but thinking makes it so.

— *Hamlet*, Act II, scene ii

햄릿이 실성한 이유를 알기 위해 클라우디우스왕이 어릴 적 친구 길덴스테른과 로센크란스를 그에게 보낸다. 햄릿은 그들에게 덴마크가 감옥 같은 곳이라고 말하고, 그들은 그렇지 않다고 대답한다. 그러자 햄릿은 모든 것은 생각에 따라 달라진다고 말한다.

41. But thoughts, the slave of life, and life, time's fool,/ And time, that takes survey of all the world,/ Must have a stop.

— *Henry IV*, Part I, Act V, scene iv

헨리 4세의 아들 헨리 왕자는 방탕한 생활을 끝낸 뒤 왕위 계승권을 두고 전쟁을 벌인다. 결국 더글러스와 해리 퍼시까지 몰아내고 승리를 차지하는데, 퍼시가 칼에 맞아 죽으면서 말을 남긴다.

42. And when thou art old and rich,/ Thou hast neither heat, affection, limb, nor beauty,/ To make thy riches pleasant. What's yet in this/ That bears the name of life? Yet in this life/ Lie hid more thousand deaths: yet death we fear,/ That makes these odds all even.

— *Measure for Measure*, Act III, scene i

클라우디오는 결혼 전 약혼자를 임신시켜 사형선고를 받는다. 빈의 총독 빈센치오는 수도사로 변장해 클라우디오를 찾아가 사면을 원하느냐고 묻는다. 클라우디오는 희망을 붙잡고 있지만 죽음을 각오하고 있다고 대답하고, 빈센치오는 죽음을 앞둔 그에게 마음을 편히 가지라며 연설한다.

43. Angels are bright still, though the brightest fell./ Though all things foul would wear the brows of grace,/ Yet grace must still look so.

— *Macbeth*, Act IV, scene iii

맥베스는 왕위를 차지하기 위해 덩컨왕을 죽이고, 맬컴 왕자는 잉글랜드로 망명을 떠난다. 맥더프는 잉글랜드로 가서 맬컴 왕자를 만나고, 왕자는 맥더프의 선량함을 믿는다며 말한다.

44. Rumor doth double, like the voice and echo,/ The numbers of the feared.

— *Henry IV*, Part II, Act III, scene i

헨리 4세는 요크와 노섬벌랜드의 반란군이 몰려온다는 소식을 듣는다. 병사가 예상보다 많은 5만 명이라는 소리를 듣고 걱정하자 워릭 경이 왕을 안심시킨다.

45. How mightily sometimes we make us comforts of our losses!/ And how mightily some other times we drown our gain/ in tears!

— *All's Well That Ends Well*, Act IV, scene iii

프랑스 왕에 의해 헬레나와 강제로 결혼하게 된 베르트 랑은 그녀를 사랑하지 않아 결혼식이 끝나자마자 전쟁에 참가 한다. 그러던 중 헬레나의 사망 소식이 들려온다. 베르트랑의 사정을 아는 부하 병사들은 헬레나의 죽음이 베르트랑에게 오 히려 도움이 되었다고 말한다.

46. Grief boundeth where it falls,/ Not with the empty hollowness, but weight:/ I take my leave before I have begun,/ For sorrow ends not when it seemeth done.

— *Richard II*, Act I, scene ii

남편을 잃은 글로스터 공작부인이 곤트의 존에게 복수해 달라고 간청한다. 그러나 처벌할 방법을 찾지 못한 곤트의 존이 하늘에 맡기자고 하자, 자신의 슬픔이 가시지 않았다며 울부짖 는다.

47. Love all, trust a few,/ Do wrong to none: be able for thine enemy/ Rather in power than use, and keep thy friend/ Under thy own life's key: be checked for silence,/ But never taxed for speech.

—*All's Well That Ends Well*, Act I, scene i

베르트랑이 멀리 떠나며 어머니 루시옹 백작부인에게 축복의 말을 부탁하자 백작부인이 아들에게 당부의 말을 건넨다.

48. That unicorns may be betrayed with trees/ And bears with glasses, elephants with holes,/ Lions with toils, and men with flatterers.

—*Julius Caesar*, Act II, scene i

카시우스는 카이사르를 암살하기로 계획한 날에 그가 원로원에 나타나지 않을까 걱정한다. 그러자 데시우스가 아첨을 해서라도 카이사르를 불러오겠다고 대답한다.

49. Wisdom and goodness to the vile seem vile./ Filths savor but themselves.

— *King Lear*, Act IV, scene ii

고너릴은 아버지 리어왕에게 효심을 가장해 유산을 많이 받지만, 이후 리어왕을 박대하고 쫓아낸다. 그러자 올버니 공작이 아내 고너릴을 비난한다.

50. To climb steep hills/ Requires slow pace at first: anger is like/ A full-hot horse, who being allowed his way,/ Self-mettle tires him.

— *Henry VIII*, Act I, scene i

추기경 울지는 헨리 8세의 권력에 기대어 버킹엄 공작을 공격하고, 공작은 이에 분노한다. 노포크 공작이 버킹엄 공작의 노여움을 가라앉힌다.

WILLIAM
SHAKES
PEARE

✝ 수록 작품

I. 희극

II. 비극

엮은이 **박성환**

경희대학교 영어영문학과와 동 대학원을 졸업했다. 부산외국어대학교 명예교수로
있다. 수년간 셰익스피어를 강의하고 연구했고, 셰익스피어의 명문장을 가려 뽑아
『셰익스피어의 위대한 문장들』을 출간했다. 이에 더해 원문과 우리말로 읽으면 좋을
셰익스피어의 명문장을 주제별로 엮어 필사책으로 펴냈다.

셰익스피어 필사 노트

고요한 지혜의 문장들

초판 인쇄 2024년 12월 2일
초판 발행 2024년 12월 20일

엮은이 박성환 │ 책임편집 백지선 │ 편집 고선향 김혜정
디자인 김문비 │ 저작권 박지영 형소진 최은진 오서영
마케팅 정민호 서지화 한민아 이민경 왕지경 정유진 정경주 김수인 김혜원 김예진
브랜딩 함유지 함근아 박민재 김희숙 이송이 김하연 박다솔 조다현 배진성
제작 강신은 김동욱 이순호 │ 제작처 상지사

펴낸곳 (주)문학동네 │ 펴낸이 김소영
출판등록 1993년 10월 22일 제2003-000045호
주소 10881 경기도 파주시 회동길 210
전자우편 editor@munhak.com │ 대표전화 031)955-8888 │ 팩스 031)955-8855
문의전화 031)955-1927(마케팅) 031)955-2684(편집)
문학동네카페 http://cafe.naver.com/mhdn
인스타그램 @munhakdongne │ 트위터 @munhakdongne
북클럽문학동네 http://bookclubmunhak.com

ISBN 979-11-416-0860-6 03800

www.munhak.com